AF460021

LE TEMPLE
DU
GOUST.
COMEDIE.

A LA HAYE,
PAR LA COMPAGNIE.

M. DCC. XXXIII.

ACTEURS.

JUPITER.

MERCURE.

MOMUS.

AMPHION.

UNE FÉE.

ARLEQUIN.

KAFENER.

UNE ACTRICE.

Muſiciens & Danſeurs de la ſuite de Momus.

La Scene eſt dans le Temple du Goût.

LE TEMPLE DU GOUST. COMEDIE.

SCENE PREMIERE.

Le Theatre represente des Rochers & des Montagnes.

MERCURE, AMPHION *sortans d'une trappe.*

MERCURE.

PAr ordre exprès du souverain des Dieux,
Amphion, aujourd'hui tu sors du noir empire,
Jadis tu bâtis Thebe au doux son de ta lyre,
Et Jupiter veut qu'en ces lieux
Ta lyre encore éleve un Temple qu'on admire;

Que tous les ornemens en ſoient nobles, galans,
Tous les beaux arts ici doivent avoir leurs places,
Employe à ce deſſein tes ſons les plus brillans,
C'eſt pour le Goût Enfant d'Apollon & des Graces
Que Jupiter demande tes accens.

AMPHION *Chante ſur ſa lyre l'air ſuivant pendant lequel on voit peu à peu les Rochers diſparoître, & s'élever un Temple orné de pluſieurs ſtatuës.*

AIR.

Rochers, dont l'aſpect épouvante,
Monts afreux, qui portez votre front dans les Cieux
Diſparoiſſez: Cedez aux ſons melodieux
Qu'enfante ma lyre brillante.
Topazes, Diamans, & Rubis precieux,
Uniſſez-vous, & par votre aſſemblage
Formez un Temple radieux
Où le Goût à jamais des mortels ait l'homage.

MERCURE, *après qu'Amphion a chanté.*

C'eſt aſſez, Amphion, mon œil eſt enchanté
Du Temple merveilleux que tu viens de conſtruire,
Va, Jupiter, pour honorer ta lyre,
T'accorde l'Immortalité.

Amphion ſort.

SCENE II.

MERCURE, MOMUS.

MERCURE *à part.*

Que cherche ici Momus ?

MOMUS.

ſalut, Mercure,

MERCURE.

Bon jour.

MOMUS.

Viens-tu chercher quelque douce avanture
Pour le Seigneur Jupiter ?

MERCURE.

Non :
Depuis deux mois ce Dieu devenu ſage,
S'en tient à Madame Junon.

MOMUS.

Peſte, le terme eſt long ! un amour de menage
Eſt un fade ragoût pour un mari volage,
Et ſurtout de condition.

MERCURE.

Ah juge mieux de ſa commiſſion :
Il ne veut plus donner de ces mauvais exemples,
Il s'occupe à bâtir des Temples ;
Et dans ce jour ma miſſion
Etoit d'en conſtruire un pour le Goût.

MOMUS.

Toi Mercure?

Il regarde de tous les côtez.

Excuse ma distraction......
Comment ce bâtiment de superbe structure
Est donc de ton invention?

MERCURE.

C'est un chef-d'œuvre d'Amphion,
Il executoit sur sa lyre
Un dessein qu'Apollon lui-même avoit tracé.

MOMUS.

Etoient-ils tous deux en délire?

MERCURE.

Oüi: que ne s'est-on adressé
Au sage Dieu porte-marote?
Il nous auroit fourni quelque projet sensé:

MOMUS.

J'aurois tiré de ma calote
Quelque dessein hardi, bien compassé;
Car, si tu l'ignores, Mercure,
C'est surtout en architecture
Que Momus est maître passé.

MERCURE.

Je t'ai tant vû bâtir de Châteaux en Espagne....

MOMUS.

Je veux te faire voir un Temple de mon crû
C'est un impromptu
Tout en l'air

MERCURE.

Je l'ai d'abord crû.

MOMUS.

Je l'ai conſtruit en battant la campagne.
Une aimable confuſion
Un beau deſordre y regne, & c'eſt à la Folie
Que je le dédie.

MERCURE.

Telle Divinité, telle habitation.

MOMUS *lui preſentant un Imprimé.*

Tiens, lis-en la deſcription:
C'eſt un chef-d'œuvre de caprice,
Je n'y dis pas un mot de l'édifice,
Et cela par précaution.

MERCURE *le feuilletant.*

Tout y ſemble tombé des nuës:

MOMUS.

Juſtement. A propos de qui ſont les ſtatuës
Que j'apperçois là-bas ſur pied?

MERCURE.

De ces hommes fameux dont les ſçavantes veilles
Ont enfanté tant de merveilles.

MOMUS.

Elles ſont par ma foi trop grandes de moitié:
Mais de les rabaiſſer je vais prendre la peine,
Car je veux qu'on ne voye en ces lieux que la mienne.
Ça, Mercure, remonte aux Cieux,
Et dis au ſouverain des Dieux,
Qu'il peut s'en repoſer ſur moi, ſur mon genie,

J'inſtalerai la colonie
Qu'il deſtine au Temple du Goût.

MERCURE.

Momus, épargne-toi le ſouci qui te preſſe
Car Jupiter a ſçû pourvoir à tout.
Ce Temple aura pour ſa Prêtreſſe
La Delicateſſe,
Belle Fée en qui les neuf Sœurs
Ont réüni leurs arts & leurs faveurs.

MOMUS.

Que t'ai-je fait Jupin ? & par quelle injuſtice
Me ravis-tu les plus legers honneurs :
Quoi dans l'obſcurité veus-tu que je vieilliſſe,
Et dans ta cour jamais n'aurai-je d'autre emploi
Que de te divertir. Nul n'eſt moins vain que moi,
Mais de l'Olympe entier j'aurois le Miniſtere
Que tout en iroit mieux ma foi.

MERCURE.

Toi Miniſtre ! Momus ! ah le beau choix à faire !

MOMUS.

Je ſuis ſans complaiſance, & je n'épargne rien,
Et tu ſçais bien par toi-même, Mercure,
Que nul Dieu n'eſt exempt de ma cenſure.
Pour mon ſçavoir : je ſuis Poëte, Hiſtorien.

MERCURE.

Dis Gazetier.

MOMUS.

Geometre, Empirique,
Chevalier errant, Politique,

Antiquaire, Philicien,
Gourmet delicat en musique,
Enfin je suis expert Juré dans tous les arts,
Et par infusion connoisseur en sculpture,
Mieux qu'Apollon je décide en peinture,
Et j'assigne des rangs aux Coypels, aux Mignards.
Et quoique peu Guerrier par ma planette,
Je prétens bien donner des leçons au Dieu Mars
Sur l'art de bien camper & de faire retraite.

MERCURE.

Momus est un Dieu qui sçait tout.

MOMUS.

Eh bien malgré mon sçavoir faire,
Une Fée est pourtant ce que l'on me préfere,
Pour disposer des rangs dans le Temple du Goût.
Ah j'en suis dans une colere....

MERCURE.

Jupiter a grand tort.

MOMUS.

Ah s'il me pousse à bout
Il verra...

MERCURE.

Paix : j'aperçois la Prêtresse.

MOMUS.

Je sors, adieu; car dans mes noirs chagrins
Je ne respecterois ni les ordres divins
Ni la Delicatesse :
Mais défens lui de pousser le mépris
Jusques à refuser dans ce Temple une place

A mes aimables Favoris.
Car je punirois ſon audace.

MERCURE.

Je lui vais là-deſſus donner de bons avis.

SCENE III.

MERCURE, UNE FE'E.

MERCURE.

VEnez, approchez, belle Fée,
De par le Dieu de l'Empirée
Qui vous parle ici par ma voix,
Dans ce Temple du Goût vous donnerez des loix.
Que cette demeure ſacrée
Soit une école ouverte aux plus foibles mortels,
Mais que les ſeuls beaux arts qu'Apollon favoriſe
Y trouvent des autels :
Que l'envie en ces lieux ne ſoit jamais admiſe
Eloignez-en ce ver rongeur
Qui n'attaque que le merite :
Bien-tôt, bien-tôt Phœbus vengeur..

LA FE'E.

Seigneur, c'en eſt aſſez par les neuf Sœurs inſtruite
Je ſçai tous les devoirs de ma commiſſion :
Ici l'interêt & la brigue,
La protection & l'intrigue,

Auront toujours l'exclusion.

MERCURE.

La qualité vous verra plus traitable.

LA FE'E.

Elle est sans doute respectable,
Quoiqu'on la doive aux aveugles destins:
Je sçai quel ascendant elle a sur les humains;
Mais c'est une chimere aux yeux d'une Prêtresse.
Ce Temple lui sera sûrement interdit;
Je ris des titres de noblesse,
Il me faut des titres d'esprit.

MERCURE.

Que votre étude favorite,
Et que votre plus cher talent
Soit de sçavoir distinguer le merite,
D'avec le faux-brillant.

LA FE'E.

Ils sont faciles à connoître:
Le merite est Philosophe sensé,
Sçavant sans se piquer de l'être,
Qui ne parle jamais qu'après avoir pensé,
Qui ne décide point, & qui n'ose paroître:
Le faux-brillant est petit maître.

MERCURE.

On vous a dit les noms de ces hommes fameux.
Qui vivent pour jamais au Temple de Memoire?
Faites-leur rendre dans ces lieux
L'hommage qu'on doit à leur gloire.
Aimable Fée, adieu, je vais charmé de vous

A Jupiter conter mon ambaſſade
Si Momus vient ici faire quelque incartade
Ne craignez rien de ſon dépit jaloux.
Jupiter & Phœbus vengeroient votre injure.
Adieu, charmante Fée.

LA FE'E.

Adieu, Seigneur Mercure.

SCENE IV.

LA FE'E, UNE ACTRICE.

LA FE'E *ſeule.*

SOngeons à bien remplir la bonne opinion
Qu'à de nous la troupe divine.
Voici pour commencer notre commiſſion.
Que cherchez-vous aimable Pelerine.

UNE ACTRICE *avec un air ſimple mais minaudier.*

La place que Momus en ce lieu me deſtine :

LA FE'E *à part.*

Nous verrons à quel titre :

L'ACTRICE.

Et j'y viens voir auſſi
Le beau Damon qui fait tout mon ſouci :

LA FE'E.

Je le connois. . . .

L'ACTRICE.

Comment il n'eſt donc point ici ?

LA FE'E.

Il y vient quelque fois : mais il n'y reſte gueres,

Il a de l'esprit, des lumieres
Dignes de le fixer dans ce riant sejour :
Mais le plaisir le retient dans sa chaine ;
Tôt ou tard il vaincra le penchant qui l'entraine,
Et j'espere l'avoir pour Hôte quelque jour.

L'ACTRICE.

Je le croyois toujours à vous faire sa cour.

LA FE'E.

Il n'y vient qu'en passant, quand à son ordinaire
Il mene une victime au Temple de l'Amour :
Ainsi pour le trouver voïagez vers Cythere,
Peut-être en ce moment il dompte la plus fiere.

L'ACTRICE *affectant un air triste.*

Quels maux m'annoncez-vous helas !

LA FE'E.

Aimeriez-vous Damon ?

L'ACTRICE.

Qui ne l'aimeroit pas !

LA FE'E.

Il est vrai qu'il est fait pour plaire.

L'ACTRICE.

Ah pourquoi n'est-il pas sincere.
Je m'étois laissé prendre à son air de douceur,
Et j'allois lui donner mon cœur
Malgré les leçons de ma mere.

LA FE'E.

Ah quel bonheur pour vous si ce don est à faire.

L'ACTRICE *feignant de pleurer.*

Quoi Damon qui toûjours me vantoit son ardeur,

Qui me juroit une ardeur éternelle,
Que je trouvois si beau, qui me trouvoit si belle,
Ce Damon est un imposteur ?

LA FE'E.

Plus un homme est aimable, & plus il est trompeur.

L'ACTRICE.

Helas peignez le moi constant, sincere, tendre.

LA FE'E.

Que j'aide à vous tromper ? daignez plûtôt m'entendre.

L'ACTRICE.

Ah que me direz-vous pour essuyer mes pleurs ?

LA FE'E.

Ecoutez, ce n'est qu'une fable,
Puissiez-vous y trouver l'utile & l'agréable.

FABLE.

LA ROSE ET LE FLEURISTE.

A certain curieux en fleurs
Helas, disoit jadis une naissante Rose,
J'entens dire partout qu'il faut se tenir close,
Et que les Papillons sont de vrais imposteurs :
Pour eux pourtant chaque fleur est éclose ;
Pour eux nous nous parons des plus vives couleurs ;
Je suis jeune, je suis aimable,
Tout me dit que je suis dans l'âge des plaisirs,
Je brûle de me rendre à leurs tendres desirs,
Car je crains que le tems & sa faux redoutable

Moiſſonnant ce qui plaît en moi,
Ne m'en laiſſe dans peu qu'un ſouvenir bien triſte :
De tous ces Papillons qu'en ce jardin je voi,
N'en ſeroit-il aucun de bonne foi ?
Ma fille, lui dit le Fleuriſte,
Ils viennent ici chaque jour
Cajoler la fleur nouvelle,
De l'Amarante ils vont à l'Immortelle :
Garde-toi d'écouter leur hipocrite amour;
A leur haleine flateuſe,
Si ton cœur trop crédule alloit s'épanoüir,
Ce Papillon qui ſçauroit t'éblouïr;
Ne ſeroit bien tôt plus qu'une chenille affreuſe
Dont la morſure dangereuſe
Te cauſeroit enſuite mille maux.
Il peut en être de loyaux,
De qui le cœur tendre & ſincere
Sçait auſſi-bien aimer que plaire,
Mais ces Phœnix ſont de rares oiſeaux,
D'en trouver, c'eſt la grande affaire.
Heureuſes ſont les fleurs qui s'ouvrent à propos! *A l'Actrice.*
Ain, comment trouvez-vous ces conſeils?

L'ACTRICE.

Pitoyables :
C'eſt bien à moi qu'il faut conter des fables:
Vous m'avez priſe je le voi,
Pour quelque innocente novice.

LA FE'E.

Vous n'êtes pas ? . . .

L'ACTRICE.

Fi donc, je ſuis actrice.

LA FE'E.

Vous ?

L'ACTRICE.

Oüi moi même, & c'eſt pourquoi
Je pretens dans ce temple un rang.

LA FE'E.

Pardonnez-moi ;
Car j'étois dans la bonne foi :
Une autre fois ſoyez plus connoiſſeuſe :
Je ſuis cette actrice fameuſe,
A qui Meſſieurs les Beaux-Eſprits
Conſacrent leur plume amoureuſe :
On ne voit que mon nom dans leurs galans écrits,
Et de tout leur encens ils ne veulent pour prix
Que le plaiſir de me connoître

LA FE'E.

C'eſt trop peu pour les refuſer.

L'ACTRICE *d'un ton dédaigneux.*

Oüi, je permets parfois qu'ils viennent m'amuſer.

LA FE'E.

C'eſt être complaiſante autant qu'on le peut être
De vos bontez jamais n'oſent-ils abuſer ?

L'ACTRICE.

Jamais: dans le reſpect ils ont ſoin de paroître;
Et les deſirs
Que dans leurs cœurs mon œil fripon fait naître,

N'oſeroient s'expliquer même par des ſoupirs,
C'eſt la loi que je leur impoſe.

LA FE'E.

C'eſt pour eux ſeuls qu'eſt fait cette clauſe,
Vous traitez mieux un riche fat ?

L'ACTRICE.

L'un me lit mon portrait, l'autre plus délicat
En aſtre me métamorphoſe ;
Celui-ci fait l'Apotheoſe
De ma Guenon ou de mon Chat.

LA FE'E.

Mais vous aimez Damon, pour parler d'autre choſe ?

L'ACTRICE.

Moi l'aimer ? une actrice ? Eh vous n'y penſez pas :
Mais je ſuis en fureur de voir qu'à mes apas
L'inconſtant veüille ſe ſouſtraire,
Car ſes airs bruyant m'ont ſçû plaire.

LA FE'E.

Je vous entens : une femme ordinaire
Dans ſes amours craint les éclats,
Son honneur ſe ſoutient à force de miſtere ;
Mais le vôtre eſt d'une eſpece contraire,
Il s'accroît par le grand fracas.

L'ACTRICE.

Adieu : je ſçais le chemin de Cythere
Auſſi-bien que Damon, je cours l'y relancer ;
Par mes airs minaudiers & par mon doux ramage
A rentrer dans mes fers je pretens le forcer :

Je vous ramene ici dans l'inſtant le volage :
Arrêtez-le dans vôtre Cour,
Où Momus m'a promis de fixer mon ſejour.

LA FE'E.

Allez, la belle, bon voyage ;
Ne preſſez pas vôtre retour.

SCENE V.

LA FE'E, ARLEQUIN.

ARLEQUIN *criant en dedans.*

Hola, quelqu'un, hola ?

LA FE'E.

Qui de la ſorte crie ?

ARLEQUIN *venant.*

Par la jarni ce Temple eſt un pays perdu [*il crie*
Hola, quelqu'un, hola. [*plus fort.*

LA FE'E.

Doucement je te prie :
Pourquoi crier ſi fort ?

ARLEQUIN.

C'eſt pour être entendu.
Madame dites-moi de grace,
Eſtes-vous la Prêtreſſe ?

LA FE'E

Oüi que lui voudrois-tu ?

ARLEQUIN.

Rien : je viens ſeulement ici choiſir ma place.

LA FE'E.

Ce temple n'eſt point fait pour des gens comme toi, *Elle lui fait faire la pirouette.*

Le beau bijou pour mettre ici la presse !

ARLEQUIN.

Ain : traiter de la sorte un homme tel que moi !
J'y serai malgré vous, Madame la Prêtresse.

LA FE'E.

C'est ce qu'il faudra voir :

ARLEQUIN.

Vous le verrez ma foi.
Vous me croyez peut-être un miserable,
Aprenez que je viens d'une fort bonne part,
Et voici de Momus le Brevet respectable :

Il tire un papier.

Vous verrez si je suis un homme de hazard.
Il lit. Momus Dieu de la gent falotte,
Au General de la Calotte,
Comme à tous ceux que le Destin
A soumis à nôtre marotte ;
Salut & vertigo sans fin.
Voulons, nous plaît par ces presentes,
Pour causes à ce nous mouvantes,
Que dans nôtre temple du Goût
Le noble Baron de Grimoût.....

LA FE'E. *l'interrompant.*

Vous un Baron ?

ARLEQUIN.

Oüi : quoi mon air aimable
D'abord ne vous l'a t'il pas dit ?

LA FE'E.

En verité pas plus que vôtre habit.

ARLEQUIN.

Voyez cela n'est pas croyable !

LA FE'E.

Mais, s'il vous plaît, pourquoi venir ainsi vêtu?

ARLEQUIN.

C'est mon habit de caractere
Et mon Brevet vous dira le mistere....

LA FE'E.

J'en ai déja trop entendu.
Mais pourquoi dans ce temple un rang, vous est-il dû?
Un Brevet de Momus ne peut servir de tître
Que pour entrer aux petites Maisons:
Des honneurs en ces lieux c'est moi qui suis l'arbitre.

ARLEQUIN.

Oh mon droit est fondé sur de bonnes raisons.
Pour être digne un jour de servir ma patrie,
Et d'y briller dans quelque grand emploi,
J'aime à joüer la Comedie
Avec des amis tels que moi.

LA FE'E.

Vous deviendrez un heros de theatre.

ARLEQUIN.

Du rôle d'Arlequin moi je suis idolâtre,
Et même au jugement de nos Comediens,
L'Arlequin des Italiens
Ne vaut pas mieux que moi: sans marcher sur ses traces
Je lui ressemble en tout, ses gestes sont les miẽs,
J'ai son beau naturel, j'ai ses tons & ses graces;
Enfin chacun me prend pour lui
Lorsque je fais la cabriolle.

Il en fait une.

LA FE'E.

Cet homme eſt fou ſur ma parole.

ARLEQUIN.

Je pleure comme lui lorſque j'ai de l'ennui :

Il pleure.

Et comme lui je baiſe une belle menotte.

Il baiſe la main de la Fée.

LA FE'E *le repouſſant.*

Comment donc, inſolent ?

ARLEQUIN *tombe & fait une culbute.*

Avez-vous vû ce tour ?

LA F'EE.

De me fâcher je ſerois ſotte.

ARLEQUIN.

Pour juger mieux de moi, ſuppoſez qu'en ce jour
Vous êtes Silvia : c'eſt une aimable actrice,
Que vous verrez ſouvent dans cette cour ;
Elle a vos yeux, vôtre air, même vôtre caprice,
Vous l'aimeriez...

LA FE'E.

Je le trouve charmant.

ARLEQUIN.

Et moi je ſuis Arlequin vôtre amant,
Et je vous crois une infidele.
Vous allez voir beau jeu : tenez-vous là.

LA FE'E.

Quel eſt donc ſon deſſein ? *Arlequin va revient paſſe & repaſſe à grands pas devant la Fée.*

Que veut dire cela ?

ARLEQUIN.

Ne me parlez jamais, cruelle.

LA FE'E.

A t'il perdu l'esprit?

ARLEQUIN.

Je le retrouverai,
Malgré mon amour qui vous flâte,
De vos barbares loix oüi je m'affranchirai:
Ah ah vous aimez donc Trivelin, scelerate?

LA FE'E.

Quel est ce Trivelin?

ARLEQUIN.

Oüi, oüi, feignez, Ingrate:
Mais vous ne m'abuserez plus,
En vain vous affectez une innocente adresse,
Tous vos discours sont superflus,
Adieu perfide, adieu tygresse:
Je ne sçai qui me tient. *Lui montrant le poing.*

LA FE'E.

Il devient furieux.

ARLEQUIN.

Ne paroissez jamais devant mes yeux.

Il s'en va 5. ou 6. pas.

LA FE'E *à part.*

Vit-on jamais de fol d'une pareille espece?

ARLEQUIN *après s'être retourné plusieurs fois pour la regarder par dessous son bras & par dessous sa jambe.*

Eh rapellez-moi donc.

LA FE'E.

Pourquoi vous rapeller?

ARLEQUIN.

Il ne faut pas ſi loin me laiſſer en aller,
Vous alliez voir un retour de tendreſſe.

LA FE'E.

A quoi bon tout cela ?

ARLEQUIN.

Vous n'entendez donc pas.
Belle Fée ? avec vous je joüois une piéce.

LA FE'E.

Pourquoi ce galimatias ?

ARLEQUIN.

Pour vous prouver comment d'un rôle je m'acquite,
Et qu'on doit dans ce temple un rang à mon merite.
Continuons.....

LA FE'E.

Non non, c'en eſt aſſez :
Vos lazzis m'ont charmée, & j'admire vos graces :
Mais ces talens chez vous ſont déplacez.
D'ailleurs les ſeuls beaux Arts trouvent ici leurs places,
Ainſi l'a voulu Jupiter ;
Les talens quelque fois y viennent prendre l'air ;
Mais ils n'y prennent point ſéance.

ARLEQUIN.

Eh bien pour avoir droit d'y faire réſidence,
Madame, je me fais Auteur,
Et j'aurai fait demain deux Tragedies.

LA FE'E.

Fort bien : vous reviendrez, quand le Parterre en chœur
Les aura dûment aplaudies.

ARLEQUIN.

Bon bon, nous n'avons point de Parterre chez nous.
C'eſt une hydre ſans complaiſance
Qui ſiffleroit dans ſon couroux
Un Auteur de ma conſequence,
Comme un Auteur bourgeois :

LA FE'E.

Beaucoup plus entre nous.

ARLEQUIN.

Mes piéces à huis clos ſeront repreſentées
Devant quelques amis :

LA FE'E.

Elles ſeront goûtées.

ARLEQUIN.

Non par des Acteurs roturiers,
Mais par une troupe d'élite
Qui prouve les ſeize quartiers.

LA FE'E.

Voilà du beau : Quand ſur vôtre mérite,
Le Public connoiſſeur après l'impreſſion
M'aura donné quelque déciſion,
Vous reviendrez ; mais ſortez vite.

ARLEQUIN.

Vous me chaſſez ? Je ſors : Momus me vangera,
Il va venir.

LA

LA FE'E

A la bonne heure.

ARLEQUIN.

C'eſt lui qui m'a donné dans ces lieux ma demeure,
Dans un moment il m'y ramenera,
Et vous verrez comme il vous traitera :
Il ſemble que l'on ſe ſoucie
De reſter en ſa compagnie,
Je ſors mais vous verrez....

LA FE'E.

Adieu, charmant Baron :
Conſolez-vous de l'avanture.

SCENE VI.

LA FE'E, KAFENER *habillé groſſierement une pipe à la bouche & parlant peſamment.*

LA FE'E.

QUe cherche ici cette étrange figure ?

KAFENER.

Je cherche la Prêtreſſe : êtes-vous elle ? ou non ? *Il fume.*

LA FE'E.

Oüi, c'eſt moi juſtement : à quoi vous ſuis-je bonne ?

KAFENER.

Je viens prendre ici place, allons qu'on me la donne,

Et promptement. *Il fume.*

LA FE'E.

A vous petit mignon ?

KAFENER.

Pourquoi me rire au nez, ce procedé m'étonne,

Si vous connoissiez ma personne. *Il fume.*

LA FE'E.

On vous devine aisément à vôtre air,

Ainsi qu'à vôtre politesse.

KAFENER.

Vous disent-ils que je suis Kafener

Capitaine marchand courant de mer en mer ;

Et ce qui plus vous interesse

Le favori du Goût, *Il fume.*

LA FE'E.

Dites l'enfant gâté.

KAFENER.

J'ai de l'esprit beaucoup, mon sçavoir est extrême : *Il fume.*

LA FE'E.

Qui diantre s'en seroit douté !

KAFENER.

J'ai beaucoup eu de peine à le croire moi-même,

Je me piquois de bon sens seulement,

Et de commercer rondement ;

Sans jamais m'aviser que j'avois un genie

Brillant, délicat & poli. *Il fume.*

LA FE'E.

Qui vous a donc fait venir la manie

De vous croire un mortel si sçavant, si joli?

KAFENER.

Qui? c'est Momus. *Il fume.*

LA FE'E.

Fort bien, je suis instruite.

KAFENER.

Il est venu remorquer mon merite
Jusques sur la mer du Levant:
Il m'écrivit une longue préface,
Et m'y prouva si bien que j'étois fort sçavant
Dans les beaux Arts qu'on cultive au Parnasse;
Que je l'ai crû: contre marée & vent
J'ai reviré de bord: vite faites-moi place.

Il fume.

LA FE'E.

Vous priez de si bonne grace,
Qu'on ne sçauroit vous refuser.
Mais connoissez Momus, ce Dieu ne vous attire,
Ne vous loüe, & ne vous admire,
Que pour se singulariser:
Tel est son bizare genie,
Le mérite connu ne lui plaît nullement,
Il faut être étranger pour flater sa manie,
Et quelque jour indubitablement
Il nous amenera quelqu'un de Laponie.

KAFENER *plus pesamment.*

Je ne viens point ici legerement,
Je ne suis point un esprit ordinaire,
Momus le prouvera vous en doutez à tort:

Il est mon étoile polaire ;
Depuis qu'il me régit, je brille sur mon bord.
Il faut m'oüir parler de poësie,
Je récite à mes Matelots
Des vers galans, de jolis madrigaux ;
En faisant la manœuvre un chacun s'extasie.
Il fume.

LA FE'E

C'est un Orphée : allez, Momus vous a gâté,
Et d'un Commerçant raisonnable
Il veut faire de vous un mortel intraitable.
Vous êtes riche, il vous aura flatté.

KAFENER.

Non ce n'est point son caractere,
Momus flateur ! son vice est d'être trop sincere ;
Il critique tout il faut voir :
C'est un Dieu philosophe, & qui hait la richesse : *Il fume.*

LA FE'E.

Pas tant que vous diriez ; puisque pour en avoir,
Nous voyons qu'il se tourne & retourne sans cesse.

KAFENER.

Momus a beaucoup d'envieux
Je le vois bien ; parceque sa satire
Aura donné la cale à quelques Dieux,
Comme ils le meritoient. *Il fume.*

LA FE'E.

Ils n'en ont fait que rire ;

Momus peut desormais tout dire,
Il est connu sur ce pied dans les Cieux :
Sa loüange est une Satire ;
Mais soit qu'il loüe, ou qu'il dechire ;
Les Immortels n'en sont ni pis ni mieux.

KAFENER.

Or ça ma place, & depêchons la Belle,
Depuis long-tems je moüille dans ce port,
Le vent soufle, la mer m'apelle,
Je devrois être sur mon bord. *Il fume.*

LA FE'E.

Retournez-y bien vîte, & si vous êtes sage,
Pour guide desormais ne suivez plus Momus,
Le prendre pour fanal, c'est courir au naufrage :
Renoncez à ce temple, aux Muses, à Phœbus,
Dressez vôtre pelerinage
Vers cet heureux rivage
Où se voit de Plutus le temple fortuné.
Partez.

KAFENER.

Cette bourasque a lieu de me surprendre,
Je ne pars point : Momus m'a prescrit de l'attendre ;
Il n'est pas loin, il vient environné
De Petits-Maîtres, de Chanteuses,
De Sacrificateurs, d'Actrices, de Danseuses,
Que pêle-mêle il va loger ici.

LA FE'E

Je l'attens de pied ferme, un si rare assemblage
Prouve combien Momus est sage.

KAFENER.

Vous ne l'attendrez pas longtems ; car le voici.
Vous allez voir un bel orage.

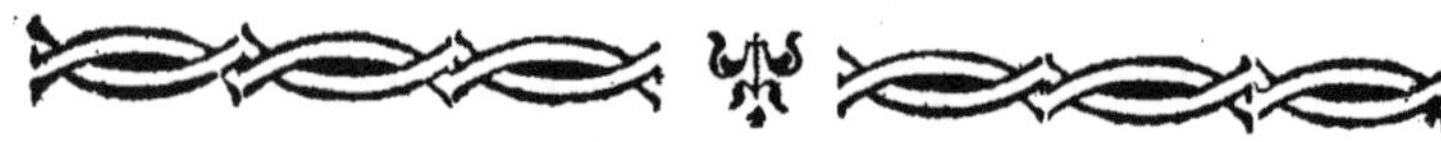

SCENE VII.

MOMUS, LA FE'E, KAFENER, *Suite de Momus.*

KAFENER.

JUstice, grand Momus, vangez-moi des mépris
De la Prêtresse qui me chasse.

MOMUS.

Vous Kafener ? l'un de mes Favoris,
Que j'ai pêché sur le sein de Thetis.
Prêtresse, en verité j'admire votre audace :
Ainsi vous respectez les Brevets de Momus ?

LA FE'E.

Momus est en effet un Dieu fort respectable ;
Mais de mes actions je ne suis responsable
Qu'à Jupiter & qu'à Phoebus :
De ce Temple par eux la garde m'est commise,
Et je dois empêcher que Momus n'y produise
Mille visages inconnus.
De ce Marchand quel est le merite, Momus ?

MOMUS.

Je le connois, cela doit vous suffire,

Il ne vient point ici comme un enfant trouvé :
Mais quand il ne ſçauroit pas lire,
Dès qu'un Dieu tel que moi l'admire;
Son merite eſt aſſez prouvé.

KAFENER.

Il eſt ma caution.

LA FE'E.

Et qui ſera ſa ſienne?

MOMUS.

Comment donc inſolente . . . A moi, mon Regiment.

Arlequin & toute la ſuite de Momus entrent.

Chaſſez-là de ces lieux, que rien ne vous retienne,
Elle a trop merité ce juſte châtiment.

LA FE'E.

O Jupiter, mon offenſe eſt la tienne :
Vange ton Temple en ce moment.

Elle ſort.

MOMUS.

Je ris de ta vaine menace.

SCENE VIII.

MOMUS, ARLEQUIN, KAFENER, *Suite.*

MOMUS.

NOtre ennemie enfin nous a cedé la place :
Tandis qu'à Jupiter elle éleve des cris
Qui vont ſe perdre dans les nuës ;

Emparez-vous du Temple, mes Amis;
Renverſez, détruiſez ces buſtes, ces ſtatuës
Que Phœbus fit dreſſer à ſes chers Favoris:
Commencez par couper le nez & les oreilles
Aux Racines comme aux Corneilles,
Mutilez Marot, Rabelais;
Et que Bayle ait des diſgraces pareilles.
Décharnez Voiture, Segrais;
Eſtropiez & la Motte & Chapelle
Et n'épargnez Rouſſeau, Boileau ni Fontenélle,
Eſt-ce pour eux que ces honneurs ſont faits?

L'ORCHESTRE jouë une eſpece de charge pendant laquelle Arlequin & Kafener à la tête des Suivans de Momus briſent & renverſent des Statuës. Après quoi Momus chante l'Air ſuivant.

AIR.

Regne à jamais le Dieu de la Calote,
Il triomphe aujourd'hui des Dieux & des Mortels:
Arborez par tout ſa Marote,
Lui ſeul ici merite des Autels.

Le Chœur repete Regne à jamais, &c.

Pendant que le Chœur repete cet Air, pluſieurs Danſeurs & Danſeuſes plantent en cadance des Marotes.

LE CHOEUR.

De Momus celebrons la gloire,
Par nos danſes, par nos concerts:
Aprenons à tout l'Univers
Sa victoire. *On danſe.*

VAUDEVILLE.

POur desarmer la plus cruelle,
Il sufisoit au tems jadis
D'être aimable, tendre & fidele;
C'étoit le goût des Amadis:
Momus a fait changer de note:
L'argent à la main,
Un Traitant soudain,
Malgré sa figure ostrogote,
Plaira,
Charmera,
Voilà,
Lon lan la,
Le goût de la calote.

On vouloit dans une maîtresse
De la vertu, des sentimens,
De la beauté, de la jeunesse:
C'étoit le Regne des Romans.
Momus a fait changer de note:
Un air éfronté,
Tient lieu de beauté:
Manon qui sur la Scene trotte,
Plaira,
Charmera,
Voilà,
Lon lan la,
Le goût de la Calote.

Quand un auteur ſur le Parnaſſe,
Avoit, de l'aveu d'Apollon
Occupé long-tems une place,
Rien ne pouvoit flétrir ſon nom.
Momus a fait changer de note.....

Ce couplet eſt interrompu par des tonnerres qui effrayent toute la ſuite de Momus; & qui annoncent la venue de Jupiter.

SCENE DERNIERE.

JUPITER, MOMUS, ARLEQUIN, KAFENER *Suite.*

JUPITER *ſur un Nuage.*

QUels odieux concerts font retentir ces lieux,
Profanes, ſortez de ce Temple.
Temeraire Momus, je veux par ton exemple
Effrayer à jamais tous les audacieux.

Jupiter foudroye Momus qui tombe dans une Trape.

ARLEQUIN.

Place, place que je détalle.

KAFENER.

Voilà Momus à fond de calle.

Il ſort en fumant.

FIN.

www.ingramcontent.com/pod-product-compliance
Ingram Content Group UK Ltd.
Pitfield, Milton Keynes, MK11 3LW, UK
UKHW020515180726
13839UKWH00005B/2098

9 782329 603667